Émile Verhaeren
Helenas Heimkehr

I0654982

fabula Verlag Hamburg

ISBN: 978-3-95855-441-2
Druck: fabula Verlag Hamburg, 2017
Coverbild: www.pixabay.com
Covergestaltung: Violetta Wegel
Satz und Lektorat: Sarah Schwerdtfeger

Der fabula Verlag Hamburg ist ein Imprint der Diplomica Verlag GmbH.
Bibliografische Information der Deutschen Nationalbibliothek:
Die Deutsche Nationalbibliothek verzeichnet diese Publikation in der Deut-
schen Nationalbibliografie; detaillierte bibliografische Daten sind im
Internet über http://dnb.d-nb.de abrufbar.

Émile Verhaeren

Helenas Heimkehr

Nachdichtung von Stefan Zweig

fabula

Personen:

HELENA

ELEKTRA

MENELAOS

POLLUX

KASTOR

EDLE

SIMONIDES, EUPHORAS

HIRTEN

WINZER

SCHNITTER

GREISE

FRAUEN

MÄDCHEN

KINDER

Ort: Sparta

Gleiche Szene in allen vier Akten

Vorne rechts der Palast des Königs Menelaos mit Terrasse und Säulenhalle. Vor der Schwelle ein breiter Raum. Links ein Meiner Hain. Rosen, Efeu, Olivenbäume, eine Bank. Zwischen dem Laubwerk die Büste eines Fauns.

Im Hintergrunde Bergwälder und ab und zu ein Weg.

Dazwischen das Tal des Eurotas, das man nicht erblickt, aber von einer breiten Rampe längs der Schwelle des Palastes übersehen kann. Eine gewaltige Stiege steigt von der Tiefe des Tales zu diesem Walle auf.

Erster Akt

HIRTEN, WINZER, *die Edlen* SIMONIDES *und* EUPHORAS,
später POLLUX *und* SKLAVEN.

EIN HIRT.
> So ist es wirklich wahr, sie kehren wieder,
> Haben wohl schon der Berge Band durchschnitten,
> Die Griechenland mit lichten Wäldern kränzen,
> Schon atmen sie in unsrer linden Luft,
> Und jeder Schritt aus den Vergangenheiten
> Voll Schrecken bringt sie ihrer Heimat näher.

EIN WINZER.
> Man sagt, des Windes Unrast hätte sie
> Bis an Ägyptens Küsten hingeführt,
> Und viele Winter jagte sie das Meer.
> Man sagt, sie hätten wunderbare Städte
> Gesehen, wo auf goldner Stirn die Götter
> Das Bild der Sonne und des Mondes tragen.
> Wahrhaftig, man berichtet solche Dinge.

DER HIRT.
> Doch ist man sicher auch, daß sie, die uns
> Das Schicksal heimbringt, die von Stadt zu Stadt
> Der Jubel führt, wirklich die beiden sind,
> Helena und der König Menelaos?

3

DER WINZER.

Es zweifelte dran keiner mehr als Pollux.

DER HIRT.

Man zögert und bejaht, glaubt und vermutet.

SIMONIDES.

Pollux ist durch die Heimkehr wohl erschreckt?

EUPHORAS.

Denn wärs der König, so ist's Pollux nicht mehr.

SIMONIDES.

Wie das schon ferne scheint, der Krieg und Troja.
Kampf, Ruhm und Tod,
wie alles schon vergessen!

EUPHORAS.

Ja, zwanzig Jahre sind es, daß in Sparta
Uns Pollux meistert, den uns Zeus damals
Zum Herrscher setzte, als sich Menelaos
Auf rauher Flut nach Troja hinbegab.

DER HIRT.

Er war ein weiser Herr, gut und gerecht.

SIMONIDES.

Er schützte euer Recht, doch nicht das unsre;
Gerechte sind am meisten ungerecht.

DER HIRT.

Dank ihm verstummten die Uneinigkeiten,
Man hört nicht mehr von früh bis spät den Zank
Zornig anschwellen und Gewalttat werden.

SIMONIDES.

Nur weil wir nachgiebig zu allem schwiegen,
Damit der Krieg, der Troja wild umheulte,
Nicht auch in unsre Städte überspränge.

EUPHORAS.

Doch heute, da die beiden wiederkehren,
Wer wollte da noch Groll und Aufbegehr
Nur einen Augenblick im Herzen dulden?

EIN ANDERER EDLER, *der eben eintrat.*

    Am Strand erzählte mir ein Fischerknecht,
Der als der erste heut das Schiff mit seinen
Rudern und Segeln sah, wie es behend
Gleich einer Riesentaube heimwärts flog,
Das ganze Meer habe von Ost zu West
Von Sonnenfeuer wie umblüht geschienen.
Der König landete zuerst und ließ
Helena noch an Bord zurück. Das aus
Den Dörfern hergeeilte Volk empfing
Ihn erst ungläubgen Rufs, denn keiner konnte
Den König heimgekehrt vom Krieg vermuten.
Doch dann, als einer, seine Augen schauend,
Und an der Stimme ihn erkannte, als
Söhne vom Schiffe aus die Mütter grüßten
Und endlich auch die Königin erschien,
Schön und verträumt, da füllte das bislang
Noch ungewisse Volk in einem Schrei:
Helena! Helena!
die Luft mit Jubel an.
Und ihre ungestümen Rufe klangen
Süß und verstärkt in Hellas' Wäldern wieder.
Das Echo, Nymphen, Satyrn und das Meer,
Sie alle wiederholten ihren Namen,
Daß bis zum Abend alle Fluren sangen. –
So sagten alle,
die von Argos kamen.

SIMONIDES.

    So ist's nicht länger zweifelhaft, daß sie
Es wirklich sind, König und Königin,
Die heut in unsre Heimat wiederkehren.

EUPHORAS.

    Sichtlich waren die Götter ihnen hold.
Pollux sandte schon Kastor zur Begrüßung.

Pollux mit einer Reihe Sklaven, *die Blumen, Früchte*
und Zweige bringen.
Hängt diese Blumen und den Kranz der Winden
An der Terrasse Knauf.
Die schweren Rosen
Tropft auf die Schwelle hin. Und hier den Pfahl
Und da die Rampen lang drängt dunklen Efeu!

Zu den Ochsenhirten.

Wählt aus dem Vieh die größten Stiere, um
Mit Gold ihr Horn zu zieren! Sammelt alle
Kräuter von Duft und streut damit die Wege
Und reiht die Kiesel schimmernd auf den Straßen!
Ich will, kein Pfad sei rings in Stadt und Land,
Der heute festlich nicht Helena grüßte.

Ein Bote.
Des Volkes Freude hemmt des Königs Ankunft.

Pollux.
Doch eilt wohl Kastor ihm voraus zu mir?

Der Bote.
Er naht, er hat den Königszug verlassen,
Am Kreuzweg bin ich eben ihm begegnet.

Pollux, *rasch zu den* Hirten.
Reiht längs der Hürden eure Ziegen, Lämmer,
Das ganze Vieh in seinem schweren Vlies,
Damit der König im Vorüberziehen
Voll Staunen seinen neuen Reichtum sehe!

Die Hirten *ab.*

Die Wiesen sind voll Saft, gefüllt die Scheunen.
Ich schuf für ihn, als wär es für mich selber,
Das ganze Land strotzt heute von Gewinn,
Der Hungersnot gespenstige Gestalt
Irrt nicht mehr über die mißratnen Felder.

Ein Schnitter, *zu* Pollux.

>   Ob man des Königs Heimkehr auch bejuble,
>   Ein jeder weiß, wie sehr Ihr stets für uns
>   Gerecht und weise, gut und treu gewesen.

Pollux.

>   Wollt ihr, wenn ihr es herzlich mit mir meint,
>   Des baldigst vor der Königin gedenken.

Schweigen.

>   Und nun feiert des Königs Wiederkehr
>   Und sie vor allem, feiert Helena!

Die Menge zerstreut sich, Pollux *bleibt allein zurück.*

>   Ich neige heute mich dem alten König.
>   Was tuts? Ich weiß, bald bin ich Spartas Herr.
>   Die Schwester reiße ich an meine Seite,
>   Mein Bruder fällt. Mir war das Glück stets freund.
>   Leicht neigt der Sieg sich einem Kühnen, der
>   Selbst Listen weiß, und weiß, sie zu vermeiden.
>   Und was mir Unverhofftes auch begegnet,
>   Ich machs zum Knecht, der mir die Wege ebnet.

Zweite Szene

Elektra, *eintretend.*

>   Da Helena zurückkehrt, ist's an mir,
>   Von hier zu scheiden. Denn ich fühl in mir
>   Die finstern Sorgen wieder nächtlich aufstehn,
>   Neu peitscht der alte Haß in meiner Seele
>   Die schon erloschnen Gluten zuckend auf.

Pollux.

>   Helena selbst wird deinen Groll beschwichtgen.

Sie haßt dich nicht, und beide werdet ihr
Die Frevel der Vergangenheit vergessen.

ELEKTRA.

Ich niemals.
Zu versteinert ist mein Herz,
Um Furcht zu fühlen vor Erinnerungen.

POLLUX.

Das Schicksal wechselt. Laß die Jugend
Dir nicht in Kümmernis vergehn! Vergiß!
Nur Göttern steht es an, nicht zu vergessen.

ELEKTRA.

Ich bin, die nichts mehr kennt als Haß und Haß.
Früh sah ich schon den Mord sich in das Kleid
Des Purpurs hüllen, meine Kinderarme
Griffen nur immer überall Verbrechen.
Ich sah das Schicksal der Atriden sich
Erfüllen, das mir früh den Vater raubte,
Blutige Hände drohen rings, die Mutter
Mit roter Wunde und der eigne Bruder
Orest als Mörder in das Dunkel stürzend,
Gehetzt vom Fluche unseres Geschlechts.

POLLUX.

Ein Kind warst du, als dieser Krieg entbrannte.
Helena war schon fern und ahnte nicht,
Welch Schicksal sie auf unsre Schultern türmte.
Heut kehrt sie glücklich heim, und freudig soll
Sie die von mir bewahrte Stadt begrüßen.

ELEKTRA.

Als ich heut Sparta aus den Morgenröten
Festlich auftauchen sah, die Wächter von
Den Türmen winken und die jungfräuliche
Luft hell befiedert von geschwenkten Zweigen
Und Bogen rings gebaut von Blumenflammen, –
Wie tödlich fühlt ich in der Brust den Stoß.

POLLUX.

Entsinne dich – die Götter seien Zeugen! –
Mit welchem Eifer, welcher Glut von je
Ich Hüter deiner Sorgen war und wie
Selbst meine Strenge nur – ein Sommerschatten
An deine Kinderstirne zärtlich streifte.
Kehrte der König heut nicht heim, so hätte
Sich unsrer Namen Ruhm zum Bund geeint,
Zum Bund der Herrschaft unsrer beiden Länder.
Dies alles hemmt die Heimkehr Helenas,
Und andern Ratschluß hoff ich von den Göttern.

ELEKTRA.

Mit meinem Herzen, das für keinen Mann
Bislange schlug, das einsam und versiegelt
Zum Tode hinsiecht, war dir nichts gewonnen
Als Wildheit, Haß und ein verwüstet Schicksal.

POLLUX.

Trotzige Jungfrau du, zu düster klingt
Die Rede, um ganz wahr zu sein. Und sie,
Helena, wird mit ruhevoller Güte
Den wilden Aufschwall deines Zornes lindern.

ELEKTRA.

Weißt du denn nicht, daß sie, nur sie allein
Den heißen Tod mir in das Herz gegraben?
Nachts, wenn die Furcht ihre verruchte Fackel
Über mein Lager hebt, so ist es sie,
Die mir mein Leben wie ein Brand verzehrt.
Nie war mein Herz so arm, hätte der König
Menelaos sie nicht gefreit, ich horchte
Der elterlichen Stimme noch im Hause,
Ihr Blut benetzte nicht die eigne Schwelle,
Agisthos konnte nie der Mutter nahn –
All diese wilden Bilder meines Blicks
Griffen nicht so in mich mit Furienklauen,

Die Todesangst, die mich verfolgt, die gleiche,
Vor der Orestes sich in Schreien krümmt,
Jagte mich nicht verzweifelt bis zum Wahnsinn!

POLLUX.

Daß endlich, Kind, dir doch der Friede würde!
Frei ist dein Weg, und nichts verwehr ich dir.
Doch hoffe ich, der König Menelaos
Wird einen Weg zu deinem Herzen finden.
Sprich erst mit ihm, entfliehe eher nicht!

ELEKTRA *ab.*

DRITTE SZENE

Ein BOTE, *das* VOLK, POLLUX.

DER BOTE.

Herr, Kastor wünscht dringend mit Euch zu sprechen.

POLLUX, *ohne auf ihn zu achten, zu den* SKLAVEN, *denen er Weisungen gibt.*

Habt ihr den Tempel schon mit Laub geschmückt,
Zu dem sich Menelaos heut begibt?

Zum DIENER.

Vergiß den Stirnreif nicht, und nicht die Herme!

Zu andern.

Von allen Brücken laßt die Blumen sich
In des Eurotas Spiegel niederbeugen,
Helena liebte einstens seine Ufer.

DER BOTE.

Herr, Kastor, der soeben wiederkehrt,
Begehrt Euch zu vertraulichem Gespräch.

POLLUX.

Was ist schon wieder?

Was für Neuigkeiten?

DER BOTE.

Herr, ich weiß nichts.

POLLUX.

Ich will ihn hier erwarten.

Der BOTE *ab.*

Was wird er wieder Unerhörtes planen?

Gefährlicher noch scheint er als Orest.

Er denkt abseits nach.

Ein Edler, inmitten der Menge, hinabdeutend.

Seht ihr den Wagen golden und mit Purpur

Die Ebene durchjagen? Menelaos

Zügelt die schwarzen Rosse. Und die Menge

Begrüßt mit Rufen und geschwenkten Zweigen

Jubelnd die heimgekehrte Helena.

EIN ANDERER EDLER.

So hell und schön sind beide wie zwei Götter.

EINER AUS DEM VOLK.

Hinab zur Stadt, dort sehen wir sie besser!

Alle ab.

VIERTE SZENE

KASTOR *und* POLLUX.

KASTOR, *eintretend.*

Von einem Festeszuge kehr ich heim

Und sah doch nichts als unsrer Schwester Schönheit –

Beglückt, und doch, und doch mit welchem Zorn,
Mit welchem aufgewühlten Grimm im Herzen.

POLLUX.

Was ist geschehn? Hat etwa Menelaos
In dir mein königliches Amt geschmäht?

KASTOR.

Oh, sie zu schaun im Sonnenstrahl, die goldnen
Schultern vom Lichte strahlend angeflammt,
Sie, Hellas' Stolz, Helena, sie, o sie!
Und dann zu denken, diese Blicke, diese
Leuchtenden Hände, Arme, diese heißen
Und weißen Brüste, wie aus Glut gemeißelt,
Dies alles treibt, ein herrenloses Wrack,
In eines Greises kraftlos öde Arme.

POLLUX.

Wie du hab ich es ungern stets gesehn,
Daß Helena verkauft wie eine Sklavin
Dem König zufiel und ihm so verblieben.

KASTOR.

Was stürmte ich nicht damals in den Sturz
Von Trojas Türmen, als die schweren Blöcke
Die Schreie und die Krieger niederschlugen,
Und riß Helena nicht, als alles Wirrnis
Rings war von Tod und Brand, in meine Arme,
Trug sie die waldversteckten Wege nicht,
Auf denen Äneas entfloh, mit mir!

POLLUX, *ein wenig höhnisch.*

Die Götter hätten dich wohl unterstützt.

KASTOR.

Was folgte ich ihr nicht? Mit tausend Funken
Zuckt das Bedauern glühend in mir auf.
Was Hunger, Durst und Haß, hätte ich nur
In meinen Armen Helena hinüber
Zu fremdem Strand, in fremdes Land getragen,

Um fern der Heimat, fern der Welt den wilden
Rausch meiner großen Liebe auszuleben.

POLLUX.

Die Himmel hätten mit der Furien Rache
Euch überall verfolgt, allorts erreicht.
Wenn Zeus dein Vater ist, so hätte er
Gewußt, des Blutbands Frevel zu bestrafen.

KASTOR.

Ein Sterblicher bin ich, des Tyndar Sohn,
Und meine Liebe ist vor Zeus gerecht.
Und dann, wer ich auch sei und ob dereinst
Am Firmament ein goldner Platz mir winkt,
Wär ich ein Gott, ich wäre nur mehr Mann,
Stärker zu lieben, stärker auch zu hassen.
Ich fühle Helena als Schwester nicht,
Sie ist die Frau, die Völker trunken macht,
Die Herrscherin der fernen Flammenstädte,
Die Königin der Leidenschaften, die
Ich bis zum Wahnsinn liebe, deren Glut
Mich so ansprüht, daß ich bis tief ins Mark
Versengt mich fühle und verbrannt. Wer so
Nicht fühlen kann, der kann es niemals fassen,
Daß schon mein Herz sich aufbäumt, wenn sie mir
Nur naht, nur ihre Hände meine streifen,
Ihr Auge sich vor meinem senkt und fliehend
Ihr Atem meine heißen Lippen streift. –
Du fühlst es nicht, du wirst es nie verstehen.

POLLUX.

Ich weiß wohl, daß sie schön ist, doch ich weiß,
Daß Menelaos sie für sich behält.

KASTOR.

Der Welt gehört sie, ehe einem andern!
Ein Siegespreis darf solche Schönheit nur
Von Königsschlachten sein, die ganze Völker

Zum Schauer aller Himmel kämpfen. Sie
Ist dem zu eigen, der sie raubt, der sie
Besitzt und zu bewahren weiß, und sei
Es vor der Götter Gier, die heimlich oft
Die Irdischen umlauern. Menelaos
Ist morsch und bald vom Alter hingestreckt.

POLLUX.

Allein er lebt!

KASTOR.

Er schleppt sich hin, als Greis
Hinstolpernd in das ihm gewisse Grab.

POLLUX.

Allein er lebt!

KASTOR.

Was starb er nicht damals,
Als Ilions Flammen in die fürchterliche
Nacht des Gemetzels fielen?

POLLUX.

Doch er lebt, er lebt!

KASTOR.

Welch ein Gedanke! Was ist einem Greis
Tod oder Leben?

POLLUX.

Wer sich wirklich stark fühlt,
Der geht den Weg gradaus nach seinem Willen.
Dein Glück steht hier am Spiel.
Und du mußt wissen...

KASTOR.

Ich weiß, ich weiß. Jetzt ist mir alles klar!
Pflicht ist vielleicht, was ich zu tuen scheute,
Denn wer, wer rettet Helena aus diesen
Wie Ketten kalten Armen, die die Brust
Und die verschloßne Scham ohnmächtig gürten;
Tu ich es nicht? Denn solche Liebe ist

Schmach vor den Himmeln, mehr noch als Verbrechen!
Helena muß wie Schmutz auf ihrer Haut
Des Greises kränkliche Umarmung fühlen.
Die schauervollen Nächte, sie verlangen
Für ihre Schrecken, ihre Qual den Tod.

POLLUX.

Wie du doch furchtbar wirst in deinem Zorn!

KASTOR, *ohne zu hören.*

Rache muß als Gerechtigkeit hier walten!
Ich wähle meine Stunde, und ich werde
Nicht zittern, wenn ihn diese Hand erschlägt.

Ab.

POLLUX.

Geh nur, renn in dein Schicksal, geh, du Tor!
Du weißt ja nicht, wie gut mir deine Liebe
Und deine Absicht für die eigne dient.

FÜNFTE SZENE

POLLUX, ELEKTRA, HELENA, MENELAOS, *das* VOLK.

POLLUX, *zu den* MÄDCHEN.

Hieher die Rosen, hieher auf die Schwelle,
Damit die schönen Augen Helenas
Ausruhend auf den goldnen Blüten weilen.

Die ganze Menge drängt nach vorne, die MÄDCHEN
streuen Rosen.

EIN GREIS.

Wie alt doch Menelaos ward, sein Bart
Ward weiß um das zerfaltete Gesicht.

EIN HIRT.

>Wie kannst du, Greis, da Helena vor dir
>Vorübergeht, den König noch betrachten?

EIN JÜNGLING, *zum* HIRTEN.

>Mein Vater, der sie kannte, mußte weinen,
>Sooft er uns von ihrer Schönheit sprach.
>Sein ganzes Leben war bestrahlt vom Bild
>Der Wundervollen, die uns heute naht,
>Und noch im Sterben sprach er ihren Namen.

EIN EDLER.

>Noch keine Frau betörte so viel Männer.

EIN JÜNGLING.

>Nur kniend soll man ihren Namen nennen!

EIN ANDERER.

>Ein Augenaufschlag, und wer sie gesehn,
>Ward Held und fürchtet Tod und Not nicht mehr!

DER HIRTE.

>Kommt! Kommt! Hinab! Die schwarzen Rosse
>halten!

EINE JUNGE FRAU.

>Den Purpur trägt sie auf den Schultern, den
>Ihr Menelaos einst zum Willkomm bot.

EINE ANDERE FRAU, *die Kinder nach vorne schiebend.*

>Die Kinder, laßt die Kinder vor, damit
>Sie sich entsinnen, sie gesehn zu haben!

Die Menge weicht vor MENELAOS *und* HELENA *zurück, die die Treppe emporsteigen.*

POLLUX, *zu* MENELAOS.

>Der Tag ist da, Herr, den mein Wunsch ersehnte;
>Nach zwanzig Jahren Krieg kehrt endlich Ihr,
>König und Königin, in unsre Heimat.
>Gern leg ich meine Herrscherwürde nieder
>Und werde wieder Diener wie dereinst.

Mögen die Götter meine Hände würdigen,
Zwei treue Stützen deines Throns zu sein.

Man bringt die Königszeichen.

Das Zepter, hier das Band, empfangt sie wieder!
EIN EDLER, *auf* POLLUX *deutend zu* MENELAOS.
Und mich laßt zeugen, König Menelaos,
Daß seiner Sorge in den zwanzig Jahren
Weder dein Garten noch dein Schloß entging,
Noch dein Besitz in Stadt, in Feld und Wäldern.
Sein Rat war sicher, richtig seine Pläne,
Nie trotzte er dem sichern Widerstand;
Den Streit des Landes wußte er zu schlichten,
Fünf Brücken dankt ihm nun der Eurotas.
Rechtlich und gut war er als Landesherr. –
Doch heute wollen wir nur deiner denken,
Der du als Sieger mit Helena nahst.
EIN MÄDCHEN, *zu* HELENA.
Unsere Mütter sprachen oft des Abends
Von Eurer Schönheit. Und dann sagten sie:
Ihr werdet nie sehn, was wir schauen durften,
Asien ist fern, und Helena in Troja.
Nun kehrst du heim, o Königin, und wir
Sehen die Schönheit, die die Mütter priesen,
Hinschreiten, lächeln, ihre goldnen Blicke
Auf Spartas stolzem Boden freundlich ruhn.
Nun ist der Wunsch erfüllt, nun sind es wir,
Die unsern Töchtern einst erzählen werden,
Wie unsre Mütter es des Abends taten.

Sie gibt HELENA *die Blumen.* MENELAOS *in der Mitte der
Szene.*

MENELAOS.
Was gilt mir nun noch all das dunkle Schicksal,

Des Meeres Zorn, der unsre Schiffe peitschte,
Und jener Krieg, da Sparta mich begrüßt
Und Helena an meiner Seite weilt.
Schon macht mir Alter das Erinnern schwer,
So will ich gütig sein, will das Vergangne
Der bessern Zukunft dankbar unterordnen.
Wo Stärke mangelt, muß die Güte thronen,
Und ich vertraue euch und allen Göttern.

An POLLUX.

Pollux, den Zeus, als ich zum Kriege zog,
An meine Stelle wies, ich danke dir,
Daß du mir Sparta zwanzig Jahre lang
Getreu gewahrt. Ich sah die Herde zu
Der Tränke eilen, meine Lämmer an
Der Berge Hang, und überall, wohin
In meinen Wäldern und gepflügten Feldern
Ich bückte, sah ich Ordnung, reife Kraft
Und spürte deine sichre Herrscherhand.
Dank dir! Du hast es meisterlich verstanden,
Den Frieden dieses Landes zu behüten.

Zur Menge.

Und Winzer, Bauern, Schnitter, Hirten, ihr
Habt überall mit Fleiß und Redlichkeit
Den Überfluß im Land verbreitet, habt
Indes die Erde dort mit Blut sich düngte
Und dunkler Mord nur unser Herz besorgte,
Die Früchte, Blumen und die vollen Reben
Gehütet und, obgleich ein jeder nur
Für sich zu sorgen schien, dem Staat gedient.
Besser und reicher ward die Scholle, Sparta
Trägt schönre Frucht als je. Der alte Streit
In euren Reihen schwand, und die ihr einst

Wie Wölfe euch zerfleischtet, weiß ich nun
Glücklich und treu. Wie froh macht ihr mein Herz,
Das aller Stürme müde, sich nur sehnt,
Im Hafen dieses Hauses auszuruhn.

MENELAOS *schreitet mit* HELENA *die Reihen entlang. Die
Menge schließt einen Kreis um die Schwelle des Palastes. In diesem Augenblick erscheint* ELEKTRA *hinter der
Menge. Sie schleppt sich gegen ihr eigenes Widerstreben
nach vorne.*

ELEKTRA, *von links.*
Seht sie nicht an, ihr Augen, seht nicht hin!
Sie ist der Mord, der wieder heimgekehrt.
Noch keiner sieht ihn, aber ich, ich ahne,
Wie er schon heimlich um die Mauern streift.
Seht sie nicht an, ihr Augen, seht nicht hin,
Ich will nicht, nein, ich will, ich will es nicht!

*Während sie es sagt, wenden sich langsam ihre Augen doch
gegen* HELENA, *die vorüberschreitet, ohne sie zu bemerken.*

O wie sie schön noch ist und königlich,
Wie ruhig doch, wie unbesorgt ihr Schritt!
O Schönheit, die du uns Verhängnis warst,
Wie strahlend fühl ich dich, fühle dich mit
Seltsamer Kraft bis in mein Herz eindringen
Und mich Unwillige zu Füßen zwingen!

HELENA *ist an der Schwelle des Palastes angelangt. Im
Augenblick, wo sie die Stufen emporsteigt, ruft*

ELEKTRA, *voll Angst wie wahnsinnig.*
Helena! Helena! Helena!

*Die Menge wiederholt tausendstimmig den Schrei, aber in
wildem Enthusiasmus, so daß die Angst* ELEKTRAS *sich im*

Überschwang der andern verliert. HELENA *und* MENELA-
OS *wenden sich grüßend zurück und treten dann in den*
Palast.

Zweiter Akt

HELENA *und* MENELAOS.

HELENA.

So schlief ich denn seit zwanzig bösen Jahren
Zum ersten Male sanft im eignen Haus
Ohne die Angst des Stundenschlags der Nacht,
Zum ersten Male unbegehrt den müden
Körper dem Schlaf nur und mir selbst gegeben.
Ich fragte nicht dein Auge, deine Arme
Und nicht mein Herz, ob ich noch schön geblieben,
Und selig, in erneuter Treue fühlte
Ich alle Süße dieses Müdeseins.
Nun bin ich dein und will dir ewig danken,
Daß du den Körper der Begier der andern,
All dieser Städte nahmst und ihm aufs neu
Den Glanz des königlichen Namens schenktest.

MENELAOS.

Helenas Schicksal war – zu groß für mich –
Längst schon die Ehrenprobe Griechenlands;
Das ganze Volk, empor aus Tal und Städten,
Bot seine Kraft wie einen großen Willen
Verschwenderisch für deine Rettung auf.
Denn du warst Hellas' Schönheit, die man raubte,
Der Name warst du, der die Brust ihm schwellte,

Sein Stolz warst du, sein Fieber, seine Sehnsucht,
Und alle Schiffe trotzten wild den Winden,
Sobald es galt, dich wieder heimzuholen.

HELENA.

Mahn nicht an diesen trauervollen Ruhm,
Den ich mich scheue wieder zu besinnen;
Schon welkt mein Körper, und die Hütrin Nacht
Trägt ihn bald ganz in ihre Dunkelheiten.
Mein Blick will nur mehr in die heimatlichen
Himmel sich heben, und in dem Kristall
Gekühlter Luft will ich den Körper baden.

MENELAOS.

Die Abende von einst und ihre Süße
Sollst du aufs neu bei unsern Quellen finden,
Die schluchzend durch die ernsten Wälder streifen.

HELENA.

Winde, von Argos her und Thrakien fliehend,
Trugen mir oft in Troja Träume zu:
Plötzlich sah ich die Schwelle, die Terrasse,
Die Tür, den hellen Garten des Palastes,
Wo die noch Strahlende du einstens grüßtest,
Die Hunde hört ich, wie sie zornig murrten,
Der Hirten Gehen auf der moosgen Erde –
All das ward abends wach, und ein Gedenken
An dich befiel mein heimgekehrtes Herz...

MENELAOS.

Nie bist du Trojerin, nie fremd gewesen.

HELENA, MENELAOS *hinführend.*

Da noch der Rosenstrauch, den ich gepflanzt,
Als Agamemnon neu Mykene baute!
Der Stolze, sieh, er glüht im Sonnenbrand,
Doch kühl sind seine Rosen, sanft sein Blut.
Und hier der Efeu, o er kennt mich noch,
War ich es doch, die seine dunkle Winde

Den Füßen dieser Faunsfratze umschlang.
Nun ist der Faun in seinem Blühn verschwunden,
Die Flöte seh ich kaum mehr und die Stirn.

MENELAOS.

Alles gedenkt noch dein, und die Natur
Bewahrt das Echo deiner heißen Schreie,
Als du, am Rand der Wasser, nackt und stark
Die Bändiger meiner Pferde niederzwangst.

HELENA.

O wieviel Tränen sind seitdem auf die
Von Stolz erhellten Stunden hingesunken!
Nichts will ich mehr, als hier am eignen Herd
Nur ausruhn, ruhn und Frieden, Frieden fühlen.
So viele Gluten sah ich flackern, daß
Ich Herdglut nur mehr liebe und die Lampe!
Oh, fern von allen, ohne Überschwang
Uns herzlich liebend, laß uns beide still
Die täglich dumpfre Last der Jahre tragen.

MENELAOS.

Mir bleibst du stets die stolze Herrscherin,
An deren Stirn der Jahre Zorn zerbricht.

HELENA.

Ich sah zu oft schon in das Abendsinken,
Und müde ist mein Leib all seiner Qualen.
Doch heute weiß ichs erst, die Heimgekehrte,
Wieviel an sicherm Glück ich frevelnd hingab,
Als ich die Schwelle deines Hauses ließ.
Nun bring ich mich wie eine Neubeseelte
Als neue Frau dir in dein Haus zurück.

MENELAOS.

Die Götter sind die Zeugen solcher Worte.

HELENA.

Damals, als ich zum erstenmal als Braut
Hinschritt zu deiner wandellosen Liebe,

Als ich mich ganz dir weihte, damals sprachst
Du hier auf dieser Bank, auf ebendieser:
Die Beeren meiner Reben sind voll Flammen,
Die Hürden schwer, gefüllt sind meine Kelter.
Kein Krieger bin ich, der die Wollust nur
Im Spiel um Leben oder Sterben findet,
Mein Herz ist nichts als eine sichre Leuchte,
Die über deiner Jugend wachen will;
Doch meine Liebe ist dir rastlos treu,
Liebst du mich, stet Geliebte, manchmal nur.
Damals hört ich dies nur mit Widerstreben,
Allein der Klang der Worte blieb mir treu.

MENELAOS.

Wie ich dirs sagte, ist es heut noch wahr
Und wird es bis zur Todesstunde bleiben.

HELENA.

Was du mir sagst, laßt mich ganz friedvoll sein.
Wie edel ist dein Herz, daß es sogar
Noch lauter spricht als meine Reue, die
Nur zu gerecht in meiner Seele droht.
Jetzt bin ich endlich vor mir selbst gerettet
Und darf vergessen, einen Leib zu haben. –
Dank dir! O Dank!
Doch auf nun zur Beratung,
Verkürzt schon sinkt der Schatten vor dein Haus.

MENELAOS.

Dies Haus, als Königin sollst du es hegen!
Hilf ihm mit Kraft zu einem hohen Schicksal.

HELENA.

Jetzt ist's an dir, fest und gefaßt zu sein,
Das Volk erwartet dich und deinen Rat.
Leb wohl! Auch ich will meiner Pflicht gedenken
Und dich erst grüßen, wenn die Mittagsstunde
Die weißen Herden zu der Tränke führt.

MENELAOS *ab zur Versammlung, die hinter dem Palast*
stattfindet.

ZWEITE SZENE

KASTOR tritt mit EDELLEUTEN zur Versammlung auf.
Plötzlich hält er inne, wie er HELENA bemerkt, und löst sich
hastig von den andern los.

KASTOR, *zu den* EDLEN.
  Lebt wohl!
  Ich seh euch dann in der Versammlung.

Zu HELENA.

  Helena, hör mich an! Mein Herz ist toll,
  Dein Name hat in mein erregtes Blut
  Jählings den Tod, die Gier, den Sturm gestürzt.
  Gestern, als ich dich sah im Wald der Arme,
  Die jubelnd zu dir hin die Menge hob,
  Da riß es mich, durch diesen Strom zu stürzen
  Und dich zu rauben, fort mit mir zu reißen.
  Die Nacht war heute voll von deinen Träumen,
  Ich griff nach dir und glühte deine Stirne
  Mit meiner Inbrunst heiß, als viel zu früh
  Mir das Erwachen deinen Körper stahl.
HELENA, *entsetzt.*
  Du! Kastor, du! Götter, der eigne Bruder!
KASTOR.
  Ja, ich begehre dich, ich muß dich haben,
  Ich kann nicht heucheln, nicht die Worte drehen,
  Wenn ich begehre. Wenn ich lieb und hasse,
  So wird es Schrei! Und so schrei ich nach dir,
  Ich reiß dich fort und dann in meine Arme.

HELENA.

Nie! Niemals! Nie!

KASTOR, *wegstürzend.*

Und doch, ich fasse dich!

DRITTE SZENE

HELENA, ELEKTRA.

HELENA.

O meines Schicksals stet erneute Schmach,
Verfluchte Woge, die sie alle anfaßt!
Ihr Götter, wohin noch, für welche Qual
Spart ihr noch diesen müdgehetzten Leib?
Ich hoffte friedlich heimzukehren in
Des Atreus Haus,
An meine Brust den Mantel
Beschützend angeschmiegt.
Und immer wieder
Wie Messerstöße jäh das Zucken einer
Niemals begehrten, nie ersehnten Liebe.

Zu ELEKTRA, *die sich nähert.*

Du, endlich du, die mich mit Haß verfolgt:
Dein Vater starb durch mich mit einem Fluch
Auf seinen Lippen, Angst und Greuel bin ich
Für deinen Bruder, endlich du sei die,
Die mich verflucht, die unbarmherzgen Worts
Mein Herz mit Vorwurf und mit Haß bewirft.

ELEKTRA.

Wie könnt ich hassen, siehst du mich so an,
Ich werde schwach, sobald ich dir nur nahe.

HELENA.

Ich hab mit diesen Händen da dein Leben
Zerfetzt, ich, ich nur zeugte deine Tränen.
Ich schleife hinter mir die Greueltaten,
Verbrechen, Mord, den schleichenden Verrat.
Ich bin die Nacht, die Trauer und der Schauer,
Der nachts dein Haus umkreist. Und sieh,
Ich darf noch leben, bin noch Königin,
Wäre ich nicht, es lebte in Mykene
Dein Vater noch, nie hätte deine Mutter
Agisthos sich gegeben, dein verstoßner
Bruder Orest wär noch in eurem Kreise.
Dein Tod bin ich!

ELEKTRA.

Nein, du bist all mein Leben!
Ich weiß nichts mehr von all dem, Mord
Und Stolz und Rache, alles schwand dahin,
Ich weiß dies eine nur: ich liebe dich!

HELENA, *entsetzt.*

Auch du? Auch du?

ELEKTRA.

O wie ich nach dir hungre,
Wie ich dein Wort,
selbst das, das mich verstößt,
Als Süße gierig in die Brust einsauge!

HELENA.

Zurück! Fort! Fort!

ELEKTRA.

O dieser süße Brand,
Dies Fieber, oh, dein nur zu schöner Zorn!
Was für ein Schauer schmettert durch mich hin,
Hör ich nur deine Stimme, Helena!
Der Wind, die Wälder, Berge, Tal und Feld,
Die ganze Welt ist unsrer Liebe voll.

HELENA.

Zurück! – Der Himmel schauert, dich zu hören!

ELEKTRA.

Nein, nein, der Himmel kennt nicht unser Fühlen.
Die Flamme ist sein Herz, die Winde sind
Sein Schauer, wenn sie in den Lüften wühlen,
Die Blumen sind seine erstarrten Küsse,
Des Meeres Sturm ist seine Leidenschaft,
Sein Ringen und verzweifeltes Umschlingen.
Und selbst die Sterne, die sich golden neigen,
Lieben wie Götter sich im Himmelsreigen.

HELENA.

O welches Unheil, heimkehren zu müssen!

ELEKTRA.

Hör mich, Geliebte! Gestern haßt ich dich,
Doch seit dein Licht hin in mein Dunkel strahlte,
Fühl ich mich dein, ganz dir nur hingegeben,
Die zu viel litt, um Mitleid nicht zu kennen.

HELENA.

Unselige!

ELEKTRA.

Mein Schicksal hängt an deinem,
Auch ich voll Unheil, einsam, führerlos
Hinirrend auf der Erde, ich wie du
Gejagt von furchtbaren Erinnerungen.
Nichts lernte ich als Furcht und Todesschauer
Im Elternhause, lernte von den Himmeln
Die Rache nur, den Todeshaß der Götter.

HELENA.

Ja, ganz wie Helena, von Tag zu Tag
Enttäuscht, entsetzt! Wozu sind wir geboren!

ELEKTRA.

Das ist mein Schicksal, immer nur als Brand
Mein Herz zu fühlen, von den Furien nachts

Emporgepeitscht den fahlen Leib, und nun
Zum ersten Male Liebe so zu fühlen,
Liebe, die zu dir heult und weinend fleht.

HELENA.

Jag es aus dir, dies rasende Gelüst,
Wie eine Meute Wölfe, tritt es tot,
Dieses Verlangen, das uns beide schändet!

ELEKTRA.

Nein, nein, ich kann nicht, nein, ich will es nicht,
Die Gier ist stärker als mein Wille. Ich
Berausche mich an diesem Gift, das glühend
In meinen Adern wühlt. Des Atreus Tochter
Fühl ich mich ganz, und meine Leidenschaft
Stürmt über alles hin. Fort, Tränen! Fort
Ihr Leichen überm Weg!
Ich hör euch nicht,
Stimmen der Toten, aus der Erde drohend!
Fort Stolz und Rache, ich will eines nur,
Nur dich, Helena! Nimm mich hin, ich bin
Jungfräulich dir gegeben, nimm mich hin!

HELENA.

Fort! Fort! Solang die Götter mich beschützen,
Beschreitest nie du dieses Körpers Schwelle.

ELEKTRA, *weicht zurück und stützt sich auf die Bank. Sie
sieht* POLLUX *nicht, der eintritt, ohne sie zu bemerken.*

VIERTE SZENE

POLLUX, *zu* HELENA.

Mit Schauern hör ich, Schwester, was für Glut
Kastor zu dir gefaßt. Hat er vielleicht
Dir sein Verlangen selbst schon eingestanden?

ELEKTRA, *aufstehend.*

O noch verruchter selbst als mein Begehren!

Zu HELENA.

Stößt du um seinetwillen mich zurück,
Taugt dir nur ehebrecherische Lust
Und nur der Männer mörderische Liebe?

POLLUX, *erschreckend.*

Elektra!

HELENA.

O endlich, endlich schmäht sie mich!

ELEKTRA.

Ihr Männerarme, wirre, heiße Klammern,
Die unsre jungfräulichen Körper brechen,
Ihr Männerherzen, die ihr Tollheit glüht,
Gebärden, die ihr schändet, rohe Lippen,
Die unsre Qual, den Notschrei unsrer Scham
In wilde Zähne unter Küssen beißen,
Ihr Männerhände, die ihr uns erbeutet
In Krieg und Blut, in Mord und Niedertracht,
Ihr Männer, die ihr Troja nur entflammtet,
Um seine Glut in unserm Blick zu spiegeln
Ich hasse euch, ihr nahmt mir Helena,
Ihr habt in euren Armen müdgequält,
Die mich verstößt und die ich ewig liebe!

Sie stürzt verzweifelt fort.

HELENA.

Ahnst du nun, Pollux, meine Angst und wie
Bebürdet ich in dieses Haus eintrete?
Du, Ältester der Meinen, dessen Rat
Von je mich auf mich selbst besinnen half,
Siehst du die Schauer: wer mich schaut, begehrt,
Der nahe Mund verbrennt in Durst nach mir,

Die hingehaltne Hand will mich ergreifen,
Und selbst der Wind des Abends, er selbst scheint
Mit heißen Lippen meine Brust zu rühren.
Wenn mich die Menge Schritt an Schritt umdrängt,
Scheint mir ein Dankeswort Gefahr, weil ich
Den Aufsprung niedriger Begierde fürchte.
Du siehst, wie sehr ich mich auch wehre, immer
Entzündet meine Nähe finstre Glut,
Sie faßt die Brust, oh, meines eignen Bruders
Und dieser Jungfrau, die bislang sich sparte,
Um ihre Liebe gegen mich zu schleudern!
Oh, wird das Schicksal immer noch nicht müd
Trotz meines Widerstands, bis in den Tod
Mit neuen Stößen mördrisch mich zu jagen?

POLLUX.

Ich fühle wohl, wie du verzweifelt bist.

HELENA.

Und denk, ich hatte schon gehofft, nun hier
In meiner Heimat, meinem Griechenland
Geschützt zu sein. Bot dieses Land denn nicht
Mir sanfte Kindheit, schien der Quell, der Wald,
Die Sonne, alles, hier mich nicht zu hüten?
O wie ich freudig war, zu nahn, mein Schritt,
Mein ganzer Körper zitterte vor Freude,
Neu diesen wiesenfrohen Grund zu fühlen,
Den Ströme und die Quellen hell durchbändern.
Und nun, ein einzger Tag, und von den Giebeln
Der Traumpaläste stürzen schon die Blöcke
Zerschmettert hin auf mein verratnes Herz.
Oh, lieber Troja noch, die roten Opfer,
Lieber die mörderischen Nächte und
Das schwüle Bett, wo fühllos sich mein Leib
Der fremden Wollust fügte. Lieber das,
Als jetzt der Schauer und der bittre Ekel;

Denn hier in meiner Heimat, hier im Haus
Hab ich von einem Weib, von einem Bruder
Entsetzlicheres angehört, als selbst
Die Tiere brünstig unter sich begehren.

POLLUX.

Furchtbar muß dein Entsetzen sein, und wenn
Ich je dir helfen kann, ich bin bereit.
Doch Menelaos, was hat er beschlossen?

HELENA.

Vor ihm verschweig ich alles, selbst auch dies.
Er altert schon. Sacht schwindet seine Kraft.
Und als ich sah, wie sich sein Auge netzte,
Als es vom Schiff die Heimatberge schaute,
Da schwur ich mir, vor Sorge ihn zu hüten.
Vertrauend soll er durch sein Alter schreiten.
Doch du, der du allein mich nicht begehrst,
Du sei mein Helfer in all dieser Trübnis.

POLLUX.

Glaub nicht, mein Herz sei tot. Auch ich
Kann nicht ganz fühllos deine Augen sehn;
Doch hab ich Kraft genug, daß sich mein Herz
Dem Willen immer unterwürfig zeige.

HELENA.

Ich traue dir. Mein Gott, wen hätt ich sonst,
Wer wäre Freund mir, wärest du es nicht,
Wären all deine Worte Trug und List!
Ich will ja nichts von dir, will es nur wissen,
Daß mich dein Bruderarm vor jenen schützt.
Ich bin zu stolz, mich immer zu beklagen,
Und keiner wiß es, wie ich müde bin
Der zwanzig Jahre unbegehrter Liebe.

Fünfte Szene

In diesem Augenblick stürmt die Menge, Menelaos
umringend, ungestüm auf die Szene.

Ein Edler.

O glaub es, König, mir, er wußte nicht,
Wie grausam seine Rede war.

Ein Zweiter.

Er schien
Fast wahnsinnig vor Zorn, kaum konnte er
Die Schreie in der Kehle niederpressen.

Ein Dritter.

Die seiner Ansicht waren, fühlten Scham,
Daß er ihr Sprecher war.

Pollux.

Was ist geschehn?

Ein Edler.

Kastor schmähte den König vor dem Rate.
Wie Sturm brach sein entfesseltes Geschmähe
Röchelnd und rauh aus der verstörten Brust.
Er ballte seine Faust, hieb in die Luft,
Und nichts, des Königs Ruhe nicht, nicht wir
Vermochten seine Raserei zu zügeln.

Menelaos.

Die Schmähung Kastors konnte mich nicht schre-
cken.
Zu teuer sind mir nun des Friedens Tage,
Daß fremder Zorn sie mir zerstören dürfte.

Pollux.

König, du bist noch milder als gerecht.
Ich aber kann ihm nicht mehr so wie einst
Die tollen Launen seines Zorns verzeihn.

MENELAOS.

Helenas Bruder ist er und dein eigner.

POLLUX.

Wohl sind wir alle drei aus Ledas Schoß,
Doch Helena und ich allein sind Sprossen
Des, der von Wolkenhöhn im Schwanenkleide
Zu unsrer Mutter zärtlich niederstieg.
Zeus dank ich meinen Willen und die Kraft,
Gleich stark zu sein im Dienen und Gebieten;
Doch Kastor weiß nicht, in der eignen Faust
Wie einen jungen Zweig den Wunsch zu biegen.
Voll Unrast ist die ihm zu enge Brust,
Und daß er Rechte nie verstand, nie ehrte,
Ist Erbteil seines Vaters Tyndarus.

MENELAOS.

Auch er wird bald, zu seiner Zeit, es lernen
Das Leben zu verstehn, wird früh bemerken,
Daß Glück sparsam, Unheil verschwendrisch ist,
Und rasch der Schwung von Haß zu Liebe hin.
Darum vergesse ich, verzeih ich ihm.

HELENA.

Ich weiß wohl, wie gefährlich Kastor ist,
Welch Stürme heiß in seiner Tollheit wehn.
O daß die Götter deiner Güte Licht,
Mein König, in sein Herz eindringen ließen
Und er sich beugte vor Gebot und Pflicht.

Zu POLLUX.

Was er jetzt plant, laß es sofort uns wissen,
Sobald du es erfährst.

POLLUX.

Es soll geschehn.

Dritter Akt

MENELAOS, ELEKTRA.

ELEKTRA.

Nun da du weißt, was für Erinnerungen
Mit heißer Flamme meine Seele streifen,
Verstehst du jetzt die grause Angst der Nächte,
Die wie mit Wahnsinn um mein Herz sich gürten?

MENELAOS.

Seit langem weiß ich schon: wenn ein Atride
Den Weg des Hasses und der Liebe geht,
So droht ein Mord. Dein Leben aber, Kind,
Sei jene Stille, wie sie zwischen Stürmen
Das eben erst erregte Meer beschwichtigt.
Das viele Blut, das rings um dich vergossen,
Trübte nicht deiner Augen klaren Spiegel.
Ein Kind warst du damals und wußtest nichts
Von all dem Greuel.

ELEKTRA.

Doch, ich hab gelernt
Zu sehen, daß die Liebe mördrisch ist,
Daß sie wie Pest über die Erde peitscht,
Daß nichts unter den Himmeln stärker ist
Als ihres Lebens, ihres Sterbens Schrei.
Ich weiß, das Schicksal liebt in solchen Zeiten

Mit Königen zu spielen, ich weiß wohl,
Wie sehr Euch Kastor haßt, als Helenas
Und Spartas Herrn, und weiß, daß böse Tat
Allein das Rätsel seines Herzens ist.

MENELAOS.

Doch seine Hand reicht nicht bis an die Höhe
Der Stirne hin, um die der Frieden ruht.
Wie sollte ich, der nie Gefahren scheute,
Mich ängstigen im eignen Haus vor dem,
Der nur die Rosse bändigt, nicht sich selbst?
Ich will nicht unnötig mir Sorgen machen
Und nicht Verdacht in meine Seele streun;
Denn nie noch, längs all meiner Lebensstunden,
Kannte ich so viel Glück als heute, da
Ich die erneute Liebe derer fühlte,
Die für mich heimkam aus der fernsten Welt.
Nie wirst du ahnen, Kind, wie diese Liebe
Die unfruchtbaren Sorgen mir zerstreut,
Wie selbst der Tod mir süß wird, wenn nur sie
Ihn mir mit ihren Blicken überschattet.

ELEKTRA.

Und doch, dies Glück, das du erträumst…

MENELAOS.

O schweige! Ist denn nicht Pollux da, der Untrügbare,
Der mir zuliebe ihn im Zaume hält,
Sahst du seine Empörung denn, als Kastor
In mir die königliche Würde schmähte?
Er weiß so wohl zu herrschen als zu dienen
Und wird einmal des Thrones Erbe sein.
Auf ihn gestützt und seiner Treue trauend,
Kann ich mich arglos ganz dem Frieden schenken.

ELEKTRA.

Der Haß des Kastor bleibt nicht bloß bei Worten;
Bann ihn aus Sparta, fort von Helena!

MENELAOS.

Pollux wird seinen Widerstand bemeistern.

ELEKTRA.

Zu sehr vertrauend Herz, unkund des Hasses!
O Übermaß der Güte!

MENELAOS.

O du Kind! Schon sinkt der Abend friedevoll und kühl
Mit Meeresbrisen in den heißen Tag;
Willst du, wie einstens oft, auch heut mit mir
Den Pfad hinwandern, wo von ferne man
Den Kreuzweg von Tyrinth und Argos sieht?
Dort kannst du deine Sorgen mir vertrauen,
Daß ich mit Lächeln sie zunichte mache.

Zu POLLUX, *der eben auftritt.*

Begleitest du uns nicht den Waldweg hin?

POLLUX.

Ich muß den Hirten sagen, daß sie morgen
Zur Schur die Lämmer führen sollen und
Die Linnen trocknen, eh der Abend sinkt.

MENELAOS.

Leb wohl!

Er geht mit ELEKTRA.

ZWEITE SZENE

POLLUX, KASTOR.

POLLUX.

Ich suchte dich

KASTOR.

Doch ich nicht dich.

POLLUX.

Ich weiß, mein Rat regt dir die Galle auf,
Weil du in mir den Königstreuen haßt.

KASTOR.

Ich haß euch alle. Aber er, er hält
In seinem Haus, in seinem Bette, die
Mit ihrer Schönheit mich verwirrt gemacht.
Ich will nicht warten, nein, ich glühe schon
Zu sehr von diesem fiebrigen Begehren,
Denn überall ist sie, Helena, immer
Seh ich den Leib, und meine Träume irren
Toll von Gelüst um ihren nackten Schoß.
Und immer er, der König, als Gebieter
Noch zwischen ihr und mir! Ich weiß, es muß
Geschehn. Ist er nicht jetzt dort auf dem Hügel?

Er stürmt weg.

POLLUX, *spöttisch.*

So spart ers mir, ihm erst den Weg zu zeigen.

DRITTE SZENE

HIRTEN, HELENA, *die Menge.*

POLLUX, *zum ersten der* HIRTEN, *dem die andern folgen.*

Du wirst die Herde morgen, Schäfer, zu
Den frischen Weideplätzen zeitig führen.
Doch nun erzähl mir, was man in den Hütten
Sich von der Wiederkehr des Königs sagt.

DER HIRT.

Ganz Sparta sah nichts als Helenas Augen,
Und viele sind, die hinter ihr den Staub

Der Schritte küßten. Menelaos ist
Schon alt und nah dem Ende seiner Tage.
Und ob er auch in Frieden wiederkehrte,
So seid doch Ihr es, dessen gute Herrschaft
Man allgemein betrauert und erhofft,
Ob es auch schweigend ist und noch nicht Rede.

Ein Schweigen, POLLUX *scheint nicht zuzuhören. Der*
HIRT *will abtreten.*

Verzeihet mir, ich sprach vielleicht zuviel.
POLLUX.
Nein, nein, ich habe viel mit dir zu reden.
Sag mir, ich möchte wissen, ob…

Er horcht in die Ferne und spricht zerstreut.

Ja… ob…
Ob Wohlstand herrscht in deinem Hause, ob
Die Deinen emsig das Erworbene mehren?

Er lauscht in die Ferne.

DER HIRT.
Herr, so viel Sorgsamkeit für mich!
POLLUX, *ihn zerstreut fieberhaft unterbrechend.*
Die Zeiten sind hart geworden, schwieriger das Leben.
Wieviel man auch sich um die Herde müht,
Wer könnte sie vor jähen Seuchen schützen?
Heimtückisch fällt uns oft das Schicksal an.
DER HIRT.
Als Ihr noch herrschtet, Herr, vertraute man
Dem sicheren Gefühl, Ihr würdet stets
Dem Übel trotzen helfen, und man sagte,
Ein guter Gott begleite Eure Wege.
EIN HIRT, *der den Bergweg herabstürmt, schreit aus der Ferne.*
Man hat Menelaos im Wald erschlagen!

Man umringt den HIRTEN *und fragt ihn entsetzt.*

POLLUX.

Wer tat es?

DER SCHÄFER.

Was?

DER HIRT VOM BERGE.

Kastor.

DIE MENGE.

Menelaos!

Der König tot!

Tumult. HELENA *tritt, tödlich erschrocken, schwankenden
Schrittes aus dem Palast.*

HELENA.

Was ist geschehn?

Dies Rufen, Schreien, Jagen... und der König...

Sage es du mir, Bruder...

Sag, was ist?...

POLLUX.

Wie furchtbar doch das Schicksal mit uns rechtet

Und neue Trauer über Hellas breitet.

HELENA.

So ist er tot?

POLLUX.

Kastor hat ihn ermordet.

HELENA.

O Götter!

POLLUX.

Ja, entsetzliches Geschehn!

Doch jetzt reiß ich mich los, zerreiß die Banden

Des Blutes mit dem mörderischen Bruder.

Erbarmungslos wird diese Tat bestraft.

Verstumm in mir, Natur, sei taub und sieh

Nur diese rote Tat, die er vollbracht!

HELENA.

Führet ihn hin, wo man den König schlug.

DER HIRT.

Als ich herniederlief, trugen sie schon
Die Königsleiche hin zu dem Palast.
Auf seinem eignen Bett, mit sanftem Antlitz,
Werdet Ihr dort den Hingestreckten finden.

HELENA.

O König, den ich nie genug geliebt!

HELENA wird in den Palast zurückgeführt.

POLLUX, *zum* HIRTEN.

Was tat Elektra, die Begleiterin?

DER HIRT.

Ich sah sie erst die Todes wunde stillen;
Ein irres Licht zuckte in ihren Augen,
Als kniend sie den toten Leib umschlang.
Wild gellte ihre Klage durch die Wälder;
Doch plötzlich sprang sie auf und eilte zu
Dem Bergwald hin, in dem Kastor verschwunden.

POLLUX.

Nehmt allen Blumenschmuck den Häusern wieder.
Ein solcher Herrscher ist der Trauer wert
Und so wie ich den Mörder landsverstoße,
Verabscheue das ganze Volk die Tat.

Die Menge schwillt immer mehr und mehr an.

Du konntest, König, nicht die Friedensfrüchte
Mehr kosten, deren Samen ich gesät
Und die nun aufgeblüht im ganzen Lande.
Sanft warst du, weise und gerecht. Dein Name
Gab heilern Klang als Agamemnons Stolz,
Und Sieger, aber doch voll schlichter Demut,
Wohltätigkeit der Königskraft vereinend,

So kamst du heim. Nur eins war dein Begehr,
Daß man den vielfach regen Schreck der Schlachten
In süßem Heimatsfrieden sanft verlösche.
Zu Rache ruft mich, König, deine Stimme!

Plötzlich erscheint ein zweiter HIRT *vom Berge und ruft
zu* POLLUX.

DER HIRT.
Ein neues Unheil läßt die Nacht erschauern:
Elektra, die dem Mörder Kastor folgte,
Hat ihn, indes er sich zur Quelle beugte,
Mit einem Hieb gefällt.

POLLUX.
Willkommne Tat!
Sie rächt uns alle. Ihre stolz erglühte
Und unbeugsame Seele wußte wohl,
Wie sehr ich vor dem Brudermord erschrak.
So schlug sie ihn in meinem Namen nieder.

Zum Palaste.

Ich gehe, dies Helena zu berichten.

VIERTE SZENE

Die Menge.

EIN EDLER.
Kaum daß ein Tag der Freude aufgeflogen,
Senkt sich die Trauer über Sparta wieder.

DER HIRT, *den alle gierig mit den Augen befragen.*
Kastor, des Lippen noch im Fieber brannten,
Beugte sich auf den Knien zu der Quelle.

Da trieb sie ihm, eh noch der heiße Mund
Am reinen Wasser sich gekühlt, den Dolch
Mit einem Stoße in die Brust. Und er
Fiel ohne Schrei, indes die Mörderin
Seltsam und reglos auf ihn niedersah.

EIN EDLER.

Die Götter wählten ihren Arm zum Werke,
Um diesen Frevel eilig zu bestrafen.

DER HIRT.

Kein Zittern überlief ihr blasses Antlitz;
Oh, schauervoll war diese starre Ruhe!

Eine Pause.

Dann nahmen zwei, die Holz im Walde schlugen,
Die Leiche auf und trugen sie zur Hütte,
Indes die Hirten Menelaos bargen.

EIN EDLER.

Der König war schon alt, doch dieser stand
Blühend und kraftvoll mitten noch im Leben.

SIMONIDES.

Und nun, da Menelaos nicht mehr ist,
Orestes fort und Pyrrhus auf der Freite,
Wer soll der Herr Lazedämoniens sein?

Zahlreiche Rufe: Pollux, Pollux, Pollux, Pollux allein!

SIMONIDES.

Ich gebe zu, er war für Sparta lang
Ein Herrscher voll Gerechtigkeit und Treue
Und gab das Zepter an den alten König
Voll Ehrerbietung, ohne Groll, zurück.
Ich weiß auch, daß er Pallas ehrt und Zeus,
Klug ist und ehrlich, aber denkt:
Kastor, der Königsmörder,
War sein eigner Bruder.

EIN HIRT.

    Wir alle ehren hier im Lande Pollux!

SIMONIDES.

    Gleichwohl! Er ist dem Mörder blutsverwandt,
    Und da ein Mord nie ursachlos geschieht,
    Wer weiß, ob dies nicht seine Pläne waren,
    Und Kastor nur ein Helfer bei der Tat?

ALLE HIRTEN.

    Schurke und Lügner!
    Hört, wie er verleumdet!

SIMONIDES.

    Erregt euch nicht! Ich spreche ohne Argwohn,
    Doch will ich alles reiflich erst erwägen.

EIN HIRT.

    Aus Haß für uns, die Pollux stets beschützt!

EIN WINZER.

    Wollt Ihr die Zwietracht in der Stadt erneuern?

EIN HIRT.

    Voll Hinterhalt und List sind deine Worte,
    Sie bergen mehr, als sie zu sagen wagen.

EIN EDLER, *Freund der* HIRTEN.

    Dein Eifer will den alten Zwist erneuern
    Und Pollux, der, Helena tröstend, fern ist,
    Hinter dem Rücken argwöhnisch verleumden.

EUPHORAS.

    Und ich, mags euch auch unerbeten scheinen,
    Ich sprechs doch aus: seit Helena zurück ist,
    Streift wieder Mord durch Spartas Fluren hin.

DIE MENGE.

    Gottloser! Schweige! Schweige!

EUPHORAS.

    Nichts, selbst daß
    Sie treu nun dem Gemahle diente, kann
    Die Angst vor ihrer Gegenwart mir mildern.

EIN HIRT.

Wer solches spricht, sei aus dem Land verbannt,
Verachtet und verstoßen, Frau und Kinder
Mit ihm hinaus in ungastliches Land!

EIN JÜNGLING.

Zehn Jahre kämpfte man um sie vor Troja,
Froh ist ein jeder in den Tod gegangen,
Nur weil es galt, Helena zu befrein!

EUPHORAS.

Noch nie war Schönheit wert, das Unglücksschicksal
Des ganzen Lands zu sein.

DIE MENGE.

Für einen Feigling.

EUPHORAS.

Scheut das Geschlecht, dem sie entsprossen, das
Zum Ahnherrn Tyndar hat, Kastor und Pollux
Als Schößlinge.

EIN HIRT.

Er schmäht den Sohn des Zeus.

EIN ZWEITER.

Daß deine Zunge dir im Munde darre!

EIN JÜNGLING.

Dein Auge jede Nacht im Krampf sich winde!

EIN ANDERER.

Fort! Keiner spreche je mit diesem Lügner!

In diesem Augenblick tritt POLLUX *aus dem Palast und
bleibt auf der Treppe stehn. Die* HIRTEN *stürzen auf ihn
zu, einer schreit laut, auf ihn hinweisend.*

EIN HIRT.

Heil Pollux! Heil ihm, unserm neuen König!

POLLUX, *nach einem langen Schweigen, er wendet sich
hauptsächlich gegen jene, die ihn bekämpfen und in
einer kleinen Gruppe links beisammenstehen.*

Ich hörte euren Zank und möchte nicht,
Daß dieser Lärm bis zu Helena dringe,
Die jetzt allein ist und in dem Palaste
Den hingemordeten Gemahl beweint.
Wär mir nicht mehr als wie mein eigner Ruhm
Das Schicksal Spartas wert und euer Stolz,
Stark, reich und groß zu sein, ein Neid der andern,
Ich achtete nicht eures Schreins. Doch ihr,
Denen die Rede nur zur Schmähung dient,
Sagt selbst, wer hat von allen, die da waren,
Sich mehr gemüht um diese Stadt als ich?
Ich lernte selbst, nur um es euch zu lehren,
Der Rebe Schnitt, half euch mit Rat und Geld,
Den unfruchtbaren Rand des Eurotas
Mit fruchtgeschwellten Bäumen zu beschatten.
Ich half den Boden wie ein wildes Roß
Euch zu bezwingen, heilsam frische Quellen
Ins Land zu führen, das so reich wie heute
Noch niemals war. Das einstens niedre Dorf
Von Sparta wurde unter mir zur Stadt.
Seid undankbar! Was kümmert michs? Ich habe
Den Stolz für mich, gewirkt zu haben und
Es zu entsinnen, um euch neu zu dienen,
Selbst denen, deren Haß in dieser Stunde
Um meine unbesorgte Stirne kreist.

SIMONIDES.

Es haßt Euch niemand hier.

EIN HIRT.

Und warum dann
Der Anwurf gegen ihn, die wilde Schmähung?

EIN ZWEITER.

Laßt Pollux nur, er wird sie überzeugen!

EUPHORAS.

Ja, er verteidige sich!

46

POLLUX.

Ich bin nicht sehr gewandt.
Wär Nestor unter euch, sein klarer Geist
Und sein beredtes Wort erzählten euch,
Wer ich einst war in jener goldnen Zeit,
Als ich nach Kolchis auf dem Argo fuhr.
Da war der edle Greis mein Freund und Führer,
Ich horchte seiner weisen Lebenslehre,
Die ohne Eifer war, Kraft ohne Haß.
Ich weiß nun wohl, ein Volk zum Glück zu leiten,
Ich, Sohn des Zeus und Bruder Helenas,
Der nie mit Kastor blutsgemein gewesen.

EUPHORAS.

Kastor ist tot, doch Helena gefährlich.

POLLUX.

Sprecht doch nicht so, erinnert euch vielmehr,
Daß nie, wäre nicht Helena gewesen,
Der Ruhm ganz Griechenland und seine Helden
Unsterblich hob mit seinen goldnen Schwingen.
Die starken Völker brauchen harte Proben,
Und jede Größe wächst erst aus Gefahr.

Ein Schweigen.

Sagt! Wißt ihr nicht, daß, wenn vor Trojas Toren
Der Abend auf das rote Blachfeld sank
Und Helena allein vorüberschritt,
Alle, die von dem Turm sie schauten, riefen:
»Was gilt uns Tod, was Krieg, der harte Sturz,
Der unsre Körper in die Erde reißt,
Was Schmerz der Wunden, da doch nie die Erde
Ein schönres Wunder schuf als diese Frau.«
So sprachen sie, so dachten die Besiegten
Von ihr, die schweigend ging und sie nicht hörte,
Und ihr, die Sieger, ihr beleidigt sie?

Niemand wagt mehr zu reden. Er fährt fort.

> Allein ich will, was ihr gesagt, vergessen
> Als eines Unmuts flüchtiges Bedenken.

Alle jubeln ihm zu.

> Und nun ich weiß, ein einzig Wort genügte,
> Um Frieden wieder zwischen uns zu stiften,
> So sag ichs denn, daß Zeus – doch muß ichs sagen? –
> Daß Zeus, mein Vater, mir das Los gekürt.
> Er selbst ist es, der zu mir sagt: »Geh hin
> Und herrsche weise über dieses Volk!« –
> Ich miede gern die Last der Diademe,
> Doch Zeus, der Herr und aller Dinge Zeuge,
> Gebietet mir: »Beherrsche dieses Reich!«
> Und da ich mich des Himmels Willen beuge,
> Der mich zum König will – so beugt auch euch!

Alle jubeln ihm zu.

Vierter Akt

Helena allein auf der Gartenbank.

Helena.
Diese letzten Tränen der Qual
Weihe ich dir,
Nun deine Seele ins Dunkel getaucht,
Menelaos, mein Herr und Gemahl!
Was mir das Leben an einsamem Leid
Und Liebe noch ließ,
Sei dir geweiht!
Denn alles in mir
Ist zerbrochen, zerrissen, verbraucht;
Mein Herz ging auf allen Straßen sich irr,
Unfruchtbar wurde und müde mein Leib;
Doch du warst groß und gütig zu mir
Und nahmst aufs neue
In deine Arme das Weib ohne Treue. –
Diese letzten einsamen Tränen
Weihe ich dir!
Wie war es mein Sehnen,
Die Stille in diesem Hause zu hüten,
Das mir endlich den Frieden geschenkt;
Wie hätte ich gern meine herbstlichen Blüten
Zärtlich auf deinen Winter gesenkt!

O Menelaos, Herr und Gemahl,
Nun stehe ich einsam und unbewehrt
Hier, wo ich dich hörte zum letztenmal.
Sieh meine Augen, die dich betrauern,
Hör meine einsame Stimme, die bald
So wie die deine im Dunkel verhallt.
Menelaos, mein Herr und Gemahl,
Eh ich dich grüße in Todesbangen
Empfange
Diese letzten Tränen der Qual!

ZWEITE SZENE

POLLUX, HELENA.

POLLUX.

Sieg und Triumph in meinen beiden Händen,
So tret ich, Schwester, heute vor dich hin.
Kein Tag soll sein, wo du nicht Königin
Hier warst im Land. Denn hier, wo unsre Mutter
Mit Tyndarus dereinst gebot, will nun
Das Schicksal uns zu Herrschern. Und vereint,
Wie uns die Götter in die Sternenkreise
Einst reihen wollen, laß uns heute schon
Im Irdischen als Könige gebieten.

HELENA.

O Menelaos, rasch vergaß man dich!

POLLUX.

Die Toten, laß sie ruhn! Ist nicht das Leben
Von Wundern voll, jäh, schön und unfaßbar?
Und wars dir bislang trotzig und verschworen,
Nun bändigt meine Hand es dir zu Füßen.

HELENA.

Zu spät! Zu spät!

POLLUX.

Nein, es ist nie zu spät!
Das Glück steht auf und folgt mir allerwegs,
Stürm ich auch unbedacht ins Unbekannte,
Die tollsten Träume, die ich hege, werden
Fleisch, Blut und Leib und heben an zu leben:
Ich zwinge Haß und Wut in meinen Willen
Und form mit losen Händen mir mein Glück.

HELENA.

O irdisch Unterfangen!

POLLUX.

Nenn es Kraft!
In Sparta auf dem Markt erwartet dich
Die wilde Freude deines ganzen Volks;
Töchter und Mütter, Väter, Söhne, alle
Füllen die Luft mit Jubel, Wunsch und Schrei.
All ihr Verlangen zittert dir entgegen,
Höre die Liebe, die im Lärme schwingt,
Berausche dich an dem Triumph des Lebens!
Sie wählten mich und doch,
sie meinen dich!

HELENA.

Wozu das sehen, was zu oft ich sah?

POLLUX.

Die ganze Erde badet deine Füße
Mit Flammenküssen ihrer heißen Mengen.
Verstoße deine Angst! Wach auf und komme!
Einzig ist diese Stunde, und ich fühle
So stark in mir die unbeugsame Kraft,
Daß nichts mehr ist in dieser Welt, vor dem
Ich zagen würde. Denn ich fühls, ich bin
Ein Herrscher, und ich weiß es zu gebieten!

HELENA.

> Was gilt das mir, ob du gebieten wirst
> In diesem traurigen und namenlosen Land,
> Von dem die Ströme und die Wolkenbrüche
> Das Blut der Frevel nicht abspülen könnten!
> Mein Willen ist erstorben. Nichts will ich,
> Nein, gar nichts mehr! Mein ganzes Leben ist
> Zerfetzt bis in die Tiefen meiner Seele;
> Kein Stolz, kein Schein von Lebensflammen glimmt
> In meiner Brust, in meinen toten Augen.

POLLUX.

> Dann hast du, Schwester, all dein Leid verdient!
> Gestern, als du, von frevelhafter Liebe
> Zwiefachem Ausbruch jäh erschreckt, an mich
> Dich flehend wandtest, fühlte ich in dir
> Noch Kraft und Widerstand, Glut und Gewalt.
> Da bot ich gerne Schutz und Unterstützung.
> Doch heute schwindet plötzlich deine Kraft,
> Du stößt die brüderliche Hand zurück,
> Gehst hin wie eine Blinde durch die Nacht
> Und läßt die Schönheit, die dich schmückte, welken.
> Und all dies darum nur, weil einer starb,
> Den du dein ganzes Leben nie geliebt.

HELENA.

> Geliebt? Nein, ich tat mehr! Ich weihte ihm
> Das ganze Leben. Ein mir Unbekanntes,
> Das Neigung war und Zärtlichkeit, durchdrang
> Und wandelte mit einem Mal mein Wesen!
> Wie war der König freudig schon, wenn er
> Mich nur erscheinen sah, nur sah bei ihm
> Des Abends sitzen! Oh, ich war für ihn
> Das sanfte Feuer über seiner Nacht!
> Und sicher fühlte er in mir die Treue,
> So sehr war meine Hand schon mütterlich.

O nein, du wirst es nie, niemals begreifen,
Wieviel sein Tod in meinem Herz begrub,
Wie er den letzten Traum, die letzte Hoffnung,
Den letzten Splitter einer Hoffnung brach.

POLLUX.

Leb wohl! Du bist gestürzt, und ich versuche nicht,
Dich aus der Tiefe wieder aufzuheben.
Nichts bist du mehr, bist du Helena nicht,
Und gerne löse ich dein schwankes Schicksal
Von meinem los, das zu den Höhn aufstrebt.
Unheil klebt sich zu leicht an fremdes Glück,
Und vor den Stürmen, die den Purpur leicht
Zerfetzen, weich ich vorsichtig zurück.

HELENA.

Geh nur! Geh nur!

DRITTE SZENE

POLLUX *geht ab. Aus dem Dunkel taucht* ELEKTRA *auf.*

HELENA.

Du? Wirklich du?

ELEKTRA.

Seit gestern irr ich einsam durch das Dunkel
Des Waldes, irr auf allen Wegen hin
Und finde in dem Abgrund meiner Seele
Die Angst nicht mehr und nicht die Todesgier.
Zum erstenmal des alten Hasses ledig,
Fühle ich Friedenshauch um meine Stirn.

HELENA.

Du rächtest meinen Herrn und schlugst den Bruder
Und tatest beides nur um meiner willen,

Um deine Eifersucht im roten Blut
Der hingestreckten Opfer reinzubaden,
Gerechtigkeit und üble Tat zugleich
Begehend wie die Deinen zu Mykenä.

ELEKTRA.

Nur Menelaos solltest du betrauern,
Der dich noch zärtlich liebte, als ringsum
Schon fremde Gier sein eigen Haus umschlich
Und ihn zu heimtückischem Tod bestimmte. –
O König, man erschlug dich, als ich ruhig
An deiner Seite schritt, vor meinem Blick.
Vor der Atridentochter Racheblick!
Und du sankst hin in meine trauervoll
Gebeugten Arme, stumm und ohne Wort,
Und doch mich lauter als mit tausend Rufen
Hinstoßend zu Kastor, der feige sich
Ins Waldesdunkel schlich, er, dessen Herz
Für Greisesschwäche kein Erbarmen fand.

Zu HELENA.

Was hättest du getan?

HELENA.

Mein Gott!

ELEKTRA.

Die Hand,
Die seine Wunde zu verschließen mühte,
Ward heiß von Blut;
Er sah mich klagend an,
Die aufschrie voll Empörung zu den Göttern,
ich fühlte seinen Körper kälter werden
Und hätte gern mein Leben hingegeben,
Um seines zu erneun, ihn zu erwecken;
Doch ach, mein allzu matter Arm, er konnte
Nicht seine regungslose Brust beleben!

HELENA.

Welch wilder Schmerz, welch Glühn der Rache!

ELEKTRA.

Doch seit ich Kastor schlug, verstummt mein Herz,
Und Kühle fühl ich mit dem Sonnensinken
Hinströmen auf mein hingehetztes Leben.
Ich sah die Nacht aus ihren Sternenaugen
Furchtlos auf mich die ernsten Blicke richten,
Und meiner roten Sippe Blutschuld überzählend,
Habe ich, müde, glücklich fast, geweint.
O wieviel Frevel, Mord, wie viele Opfer,
Auf alle Wege hingesprengtes Blut!
Und jener erste Mord und dieser letzte,
Sie schienen wie verknüpft in meiner Hand.
Verständnislos und matt schweifte mein Sinnen
Um so viel Greuel, die ich nicht verstand,
Und wie aus Totenurnen quoll das Rinnen
Der Tränen auf und tropfte in den Sand.

HELENA.

Oh, wie ist meine Seele auch verwirrt!
Ich litt nur Böses, du hast es getan,
Und dennoch bleibe ich an deiner Seite,
Denn deine Tränen tun mir seltsam wohl.
O all dies Fluten, das uns eint von Schmerz,
Die dunkle Zeit, die uns wie Gift durchdrang,
Dies Blut auf deinen jungfräulichen Händen!
Wir kommen von so fern aus unserm Dunkel
Eine zur andern, und mit einem Mal
Sind, ehe wir uns zu verzeihen wagten,
Schon unsre Traurigkeiten ganz vereint.
Ich kannte dich als Kind bei deiner Schwester,
Und einmal, als dich Träume weinen ließen,
Brachte man dich zum Schlafe in mein Bett;
Da nahm ich deine Hände, löste dir

Das Haar, und während ich dich wiegte,
Schliefst du sacht ein wie eine schöne Frucht
Vom Dunkel hoher Zweige überschattet.

Während der letzten Worte hat HELENA, *ohne es zu wissen, die Haare* ELEKTRAS *gekost.*

ELEKTRA.

Gib acht! Gib acht! Helena, hüte dich,
Der Brand in meinem Blute schlummert nur!
– O deine Hand auf meiner Stirn, im Haar,
Dein Atem, der an meinen Körper streift,
Dein Arm, die Finger, o dein ganzer Leib!

HELENA, *aufspringend.*

Was für Gelüste noch in deinem Elend!

ELEKTRA.

Helena! Helena!

HELENA.

Fort, wir müssen scheiden!
Die Erde kennt für uns nicht Friedensstunden,
Wir finden Ruhe nur mehr bei den Toten.

ELEKTRA.

Helena!

HELENA.

O ich vergaß, ich darf nicht gütig sein!
Alles ist mir versagt, selbst zu vergeben.
Ich hör in mir den Schauer aller Welt,
Und Unglück, das nie seine Tiefen findet,
Schmettert in mir mit fremdem Leid zusammen.
Dein Herz ist schaurig, schmerzvoll auch das meine,
So laß uns scheiden ohne Wort und Träne,
Jeder auf seinem Wege sich den Tod
In einem unbekannten Schicksal suchend.

FÜNFTE SZENE

*HELENA steigt die Terrasse empor. ELEKTRA wagt ihr
nicht zu folgen, irrt schweigend um den Palast des
MENELAOS und verschwindet schließlich.*

HELENA.
　　O Nacht, durch deren taugekühlte Reiche
　　Diana schwebt mit mattem Silberschuh,
　　Finstere Nacht, die du die dämmerbleichen
　　Fernen mit Sternen schmückst, verschwiegne du,
　　O Nacht, durch die die Götter wandernd streifen,
　　Die einzig du mein bitteres Los
　　Gehört,
　　Nimm du
　　Mich auf in deinen unfruchtbaren Schoß!
　　Ich kann nicht mehr,
　　Meine Kraft ist zerstört,
　　Ob ich liebe und hasse, ich weiß es nicht mehr.
　　Ich bin nur die Asche, die ausgelohte,
　　Ich bin die Gejagte und tausendfach Tote.
　　Die Qualen, die rauschend hinter mir schleifen,
　　Sind viel und dunkel, ein rastloses Meer,
　　Und mein einzig Begehr
　　Ist: das Leben, wie abends mein schweres Gewand,
　　Vom Körper zu streifen.

*Im Vordergrund sind zwei SCHÄFER aufgetaucht
und deuten flüsternd auf den Wald hin.*

DER ERSTE.
　　Siehst du den Busch dort sich regen und rühren,
　　Den Wald aufleuchten von zahllosen Blicken?
　　Komm sie zu sehen, die muntern Satyren!

DER ZWEITE.

 Hast du nicht Furcht?

DER ERSTE.

 Vor den Satyren?

 Ich kenne sie alle, sie sind mir hold,

 Weil ich mit Milch sie immer erquicke.

 Höre doch, höre!

Man hört Stimmen und leises Rauschen im Gehölz.

DER ZWEITE.

 Das ist nur ein Wagen, der ferne rollt.

DER ERSTE.

 Nein, das sind ihre trunkenen Stimmen.

 Komm nur, komm, wir wollen erlauschen,

 Was die Wälder heut in die Ebenen rauschen!

DIE SATYRN.

 Helena,

 Du, die du kommst von Asiens Küsten,

 Die du Seufzer gekannt und der Liebe Gier,

 Höre den Schrei unsrer heimlichen Lüste,

 Wir, die Satyren, wir rufen zu dir!

 Die Erde ist schwül, im Dämmerwehen

 Zerfließen die Formen, weich dehnt sich das Moos,

 Und sachte löst sich in unsrer Nähe

 Aus deiner Brust die Erinnerung los.

DER ZWEITE HIRT.

 O Wunder!

DER ERSTE.

 So schweige!

DIE SATYRN.

 Wir sind

 Der Wahnsinn, der wilde Schauer im Wind.

 Unsere Haut ist behaart,

 Und wenn uns das Fieber zum Tanze paart,

So stampfen
Wir aus der Erde die ewige Gier.
Die Berge, die Büsche, der Felder Dunst,
Die Wälder, die keuchend im Morgenrot dampfen,
Das sind wir,
Wenn wir uns packen in zorniger Brunst.
Und der Schweiß, der tierisch und heiß uns entquellt,
Ist der Same der Welt.

HELENA.

Götter! Ihr Götter!

DER ERSTE HIRT.

Nun?

DER ZWEITE.

Ich höre nur dunkel,
Ich verstehe nicht ganz.

DER ERSTE.

Es ist der Wald, der Helena ruft,
Längs aller Gebüsche regt sich ein Schwellen,
Schwüler Schauer durchgeistert die Luft,
Oh, sieh dort der Bäche jähes Gefunkel!
Najaden entsteigen den glitzernden Wellen.

EINE NAJADE.

Helena!
Dein Leib ist der Welt ein schöner Geschmeide
Als dem Himmel der Sterne demantenes Leuchten.
O komme zu uns; durchsichtig und seiden
Sind hier dir kristallne Paläste gebaut!
Die Liebe ist sanft in unseren feuchten
Armen und kühlt mit Küssen die glühende Haut.

HELENA.

O nichts mehr hören, fühlen, nichts mehr sehn!
Mein Gott, was tat ich Menschen je und Dingen,
Daß alles, Blumen, Quellen, Tal und Höhn
Mit Schauer und mit Lockung mich umringen?

DER HIRT, *vorne.*

> Und dort, sieh rückwärts! Hinter dem Gestade
> Bacchantinnen! Sie stürmen zu den Höhn!
> Siehst du sie dort?

EINE BACCHANTIN.

> Wir sind die Mänaden,
> Die ewig Glühenden, und lieben dich.
> Wenn uns die Weine des Dunkels berauschen,
> Erzittern die Fluren von unserm Tanz.
> Sieh! all die Dinge, welche dich belauschen,
> Rühmten dich zärtlich uns und deinen Glanz.
> Kein Flecken Erde ist fühllos geblieben,
> Felsen und Staub, du hast ihn verwirrt,
> Und selbst die Steine noch müssen dich lieben,
> Die deinen nackten Fuß gespürt.

HELENA.

> O sterben! sterben!
> Fortgehn und verschwinden!
> O schlafen! Fortsein! Endlich ruhig sein!
> O atmen ohne Ängsten, rein, allein,
> Nicht ewig Schauer um sich, in sich finden!
> Fort! Laßt mich, Atem, Anhauch, Wort!
> Winde und Wellen, dringt nicht auf mich ein!
> Morgen und Mittag, findet mich nicht,
> Und fort, verfluchtes Sonnenlicht!

EIN SATYR.

> Helena!

HELENA.

> Steine, laßt ab, verrucht auf mich zu blinken, Weg,
> Spiel des Schattens und der Winde Winken!

DIE NAJADEN.

> Helena! Helena!

HELENA.

> O Qual meines Körpers, Gefängnis der Welt,

Unentrinnbar von allen Seiten umstellt,
Ihr Tränen, die ihr vergeblich quellt!

DIE BACCHANTIN.

Helena!

HELENA.

Und nirgendhin Flucht!
Ich schauere, des Grabes Schollen werden
An meinem starren Leib sich noch entzünden.
O Zeus, König des Lichts, Herrscher der Erde,
Sieh meine Qualen, laß Gehör mich finden!
Die Erde ängstigt mich, in ihrer Tiefe
Ist vielleicht Liebe noch, die mich verbrennt.
Und da mein Leib mehr keine Zuflucht kennt
Vom Aufgang bis zum Niederstieg des Lichts,
Vernichte du mein Sterbliches, entwinde
Der Erde mich, zerstäube mich zu Nichts!

Ein starkes Leuchten flammt auf. Die HIRTEN *sehen die
Erscheinung des* ZEUS *und heben gegen sie die Hände.*

ZEUS, *unsichtbar.*

Vernimm, die du den Menschen Helena gewesen:
Zeus, ich, des Himmels Herr, entschleire mich für
dich.
Ob auch an Liebe einzig reich, blieb doch dein Wesen
In allen Nöten klein, in Qualen kümmerlich.
Das dunkle Nichts, das du von mir begehrtest, findet
Sich nicht; wo golden sich die Firmamente drehn,
Dort gattet alles sich, verschwendet und verschwindet,
Um neu in andrer Form unendlich zu erstehn.
Klage und Schrei, sie dürfen nur auf Erden schweifen,
Wie Nebel hingehn an der Berge letzten Rand,
Doch nie den Rätselfels der Wirklichkeiten streifen.
Du warst ein Weib und wußtest nicht, den Widerstand
Zu Kraft zu glühen, deine Schönheit hat den Blick

Des Stolzes nie sich auf die matte Stirn gebrannt.
So stirb! Stirb und erstehe! Laß dein armes Klagen!
Aus einstigem Geschehn wird dir ein neu Geschick.
Da nimm den Blitz und meinen Donner!
Sieh, sie tragen
Dich zu der väterlichen Liebe Gotts zurück!

Ein Donnerschlag. HELENA *wird zum Himmel entführt.*